MEUBLES DE SALON

Couverts en ancienne tapisserie

PROVENANT DE LA COLLECTION DE M. X...

CATALOGUE

DES

MEUBLES DE SALON

COUVERTS EN ANCIENNE TAPISSERIE

MEUBLES DIVERS

Provenant de la Collection de M. X...

ET DONT LA VENTE AURA LIEU, A PARIS

HOTEL DROUOT, SALLE N° 11

LE VENDREDI 31 MARS 1905

à trois heures

COMMISSAIRE-PRISEUR	EXPERTS
Mᵉ PAUL CHEVALLIER	**MM. MANNHEIM**
10, rue Grange-Batelière	7, rue Saint-Georges

EXPOSITIONS

PARTICULIÈRE : *Le Mercredi 29 Mars 1905.*   DE 1 HEURE 1/2
PUBLIQUE : *Le Jeudi 30 Mars 1905.*   A 5 HEURES 1/2

CONDITIONS DE LA VENTE

Elle sera faite au comptant.

Les acquéreurs payeront *dix pour cent* en sus des prix d'adjudication.

L'exposition mettant le public à même de se rendre compte de l'état et de la nature des objets, aucune réclamation ne sera admise une fois l'adjudication prononcée.

Paris. — Imp. de l'Art, E. Moreau et Cⁱᵉ, 41, rue de la Victoire.

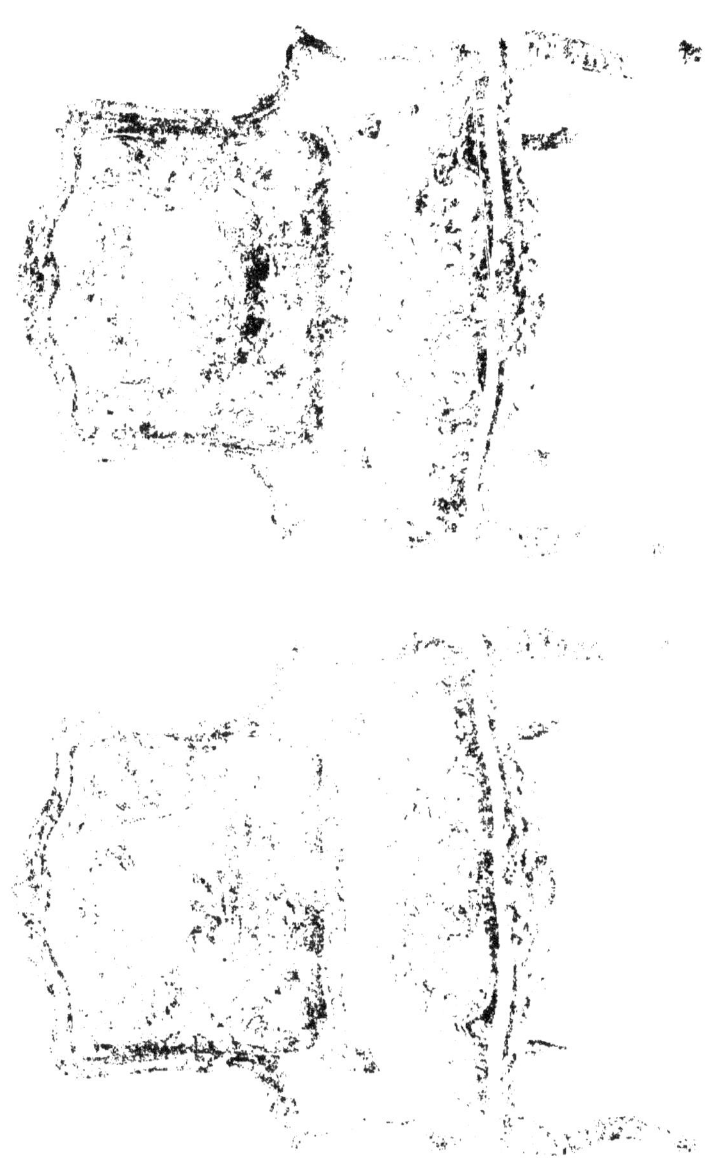

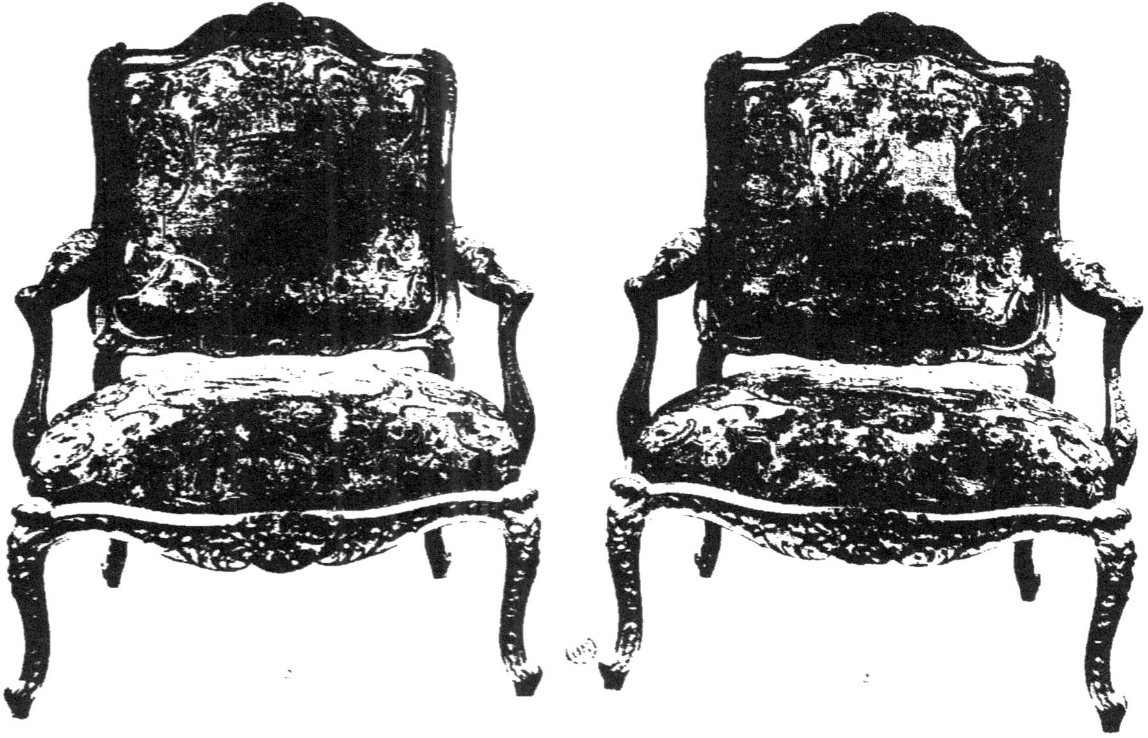

Phototypie Berthaud, Paris

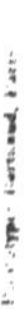

DÉSIGNATION

MEUBLES COUVERTS EN TAPISSERIE

1 — Fauteuil en bois doré, couvert en tapisserie du temps de Louis XV ; bouquets de fleurs, guirlandes et rubans sur fond crème.

2 — Quatre fauteuils en bois doré, couverts en tapisserie de Beauvais, du temps de Louis XV : Animaux au milieu de rocailles et de fleurs, fond crème, bordures rouges.

3 — Canapé et quatre fauteuils en bois doré, couverts en tapisserie, du temps de Louis XV, à sujets tirés des fables de Lafontaine et animaux variés, encadrements rouges à fleurs et rocailles.

4 — Écran à feuille ronde en tapisserie d'Aubusson, du temps de Louis XV : Chasseur et chasseresse, encadrements de rocailles et fleurs ; monture en bois doré.

5 — Écran à feuille ovale en tapisserie d'Aubusson, du temps de Louis XVI : Médaillon d'amour et fleurs ; monture en bois doré.

6 — Six fauteuils en bois doré, couverts en tapisserie d'Aubusson, du temps de Louis XV : Personnages et animaux, draperie et fleurs, fond crème.

4

7 — CANAPÉ et six fauteuils en bois doré, couverts en tapisserie d'Aubusson, du temps de Louis XVI : Personnages sur les dossiers, animaux sur les sièges, encadrements de draperies et fleurs, fond crème.

8 — DEUX CANAPÉS et quatre fauteuils en bois doré, couverts en tapisserie d'Aubusson, du temps de Louis XVI : Médaillons à personnages et animaux, guirlandes de fleurs, bordures vertes, fond crème.

9 — ÉCRAN en bois doré, feuille en tapisserie à sujets dans la manière de Bérain.

MEUBLES DIVERS, COUSSINS

10 — DEUX TABOURETS en bois doré, couverts en ancien tissu de la Savonnerie, à fleurs et animaux sur fond bleu-clair.

11 — BANQUETTE en bois doré, couverte en ancien tissu de la Savonnerie, à fleurs de lis sur fond jaune.

12 — BUREAU Louis XV à dos d'âne, bois de violette, garni de bronzes.

13 — TABLE Louis XV, marqueterie à damier.

14 — QUATRE FAUTEUILS Empire en acajou partiellement doré, couverts en lampas à fond vert : garnitures de bronzes.

15 — DEUX FAUTEUILS en bois doré, couverts en brocart à fleurs.

16 — BERGÈRE et fauteuil en bois doré, couverts en satin broché à fleurs sur fond saumon.

17 — SEPT CHAISES, bois et canne dorés en trois modèles. Genres Louis XV et Louis XVI.

5

18 — FAUTEUIL de bureau, bois et canne dorés, à décor de feuillages.

19 — TABLE en marqueterie de bois de couleur, à fleurs, porte à coulisse, tiroirs intérieurs.

20 — DEUX CHAISES en acajou, dossiers à palmettes et cygnes, siéges couverts en lampas à fond jaune.

21 — ONZE TABOURETS variés en bois doré.

22 — BANQUETTE en bois sculpté, siége canné, coussin en lampas à fond jaune.

23 — TROIS BAROMÈTRES variés.

24 — HUIT COUSSINS variés, couverts de velours rouge avec applications et broderie de soie et argent doré; travail italien du XVI⁰ siécle. (Seront divisés.)

25 — DOUZE COUSSINS variés, velours et broderie de diverses époques.

26 — Objets non catalogués

MIRE ISO N° 1
NF Z 43-007
AFNOR
Cedex 7 - 92080 PARIS-LA-DÉFENSE

graphicom

BIBLIOTHÈQUE

NATIONALE

DE FRANCE

* * * *

CHATEAU

DE

SABLÉ

1997